D1365933

BLAZERS
Bilingüe/Bilingual

VEHÍCULOS MILITARES/ MILITARY VEHICLES

GUARDACOSTAS de la GUARDIA COSTERA de EE.UU./

U.S. COAST GUARD CUTTERS

por/by Carrie A. Braulick

Consultora de Lectura/Reading Consultant:
Barbara J. Fox
Especialista en Lectura/Reading Specialist
Universidad del Estado de Carolina del Norte/
North Carolina State University

Capstone
press

Mankato, Minnesota

Blazers is published by Capstone Press,
151 Good Counsel Drive, P.O. Box 669, Mankato, Minnesota 56002.
www.capstonepress.com

Library of Congress Cataloging-in-Publication Data
Braulick, Carrie A., 1975–
    [U.S. Coast Guard cutters. Spanish & English]
    Guardacostas de la Guardia Costera de EE.UU./por Carrie A. Braulick =
U.S. Coast Guard cutters / by Carrie A. Braulick.
    p. cm.—(Blazers—vehículos militares = Blazers—military vehicles)
    Summary: "Describes cutters, their design, equipment, weapons, and role
in the U.S. Coast Guard"—Provided by publisher.
    Includes index.
    ISBN-13: 978-0-7368-7743-5 (hardcover)
    ISBN-10: 0-7368-7743-6 (hardcover)
    1. Revenue cutters—United States—Juvenile literature. 2. United States.
Coast Guard—Juvenile literature. I. Title. II. Title: U.S. Coast Guard cutters.
VM397.S7618 2007
623.826'3—dc22   2006026671

Editorial Credits
Martha E. H. Rustad, editor; Thomas Emery, designer; Jo Miller,
    photo researcher/photo editor; Strictly Spanish, translation services;
    Saferock USA, LLC, production services

Photo Credits
AP/Wide World Photos/Stuart Ramson, 21 (top)
Check Six/George Hall, 4–5; Sam Sargent, 10–11 (top)
Code Red/Barry Smith, 16–17
DVIC/TSGT Steve Faulisi, USAF, 18
Photo by Ted Carlson/Fotodynamics, 10 (bottom), 22–23, 28–29
U.S. Coast Guard Photo/PA1 Danielle DeMarino, 6; PA1 John Gaffney, 21
    (bottom); PA1 Telfair H. Brown, 15; PA2 Andrew Shinn, 7 (top); PA2
    Donnie Brzuska, 7 (bottom); PA2 NyxoLyno Cangemi, 26; PA3 Bobby
    Nash, 20; PA3 Bridget Hieronymus, 19, 27; PA3 Dana Warr, 14; PA3 Mike
    Lutz, cover, 8-9; PAC Jeff Hall, 13 (top); Rob Rothway, 13 (bottom)
U.S. Navy Photo/J01 Dave Fliesen, 24–25

1 2 3 4 5 6 12 11 10 09 08 07

TABLE OF CONTENTS

TABLA DE CONTENIDOS

COAST GUARD CUTTERS

Seeing a Coast Guard cutter can fill a person with joy or fear. People who need to be rescued are happy to see a cutter. But criminals who see a cutter know they are in trouble.

GUARDACOSTAS DE LA GUARDIA COSTERA

Ver a un guardacostas de la Guardia Costera puede llenar a una persona de alegría o de miedo. Las personas que necesitan ser rescatadas se sienten felices de ver a un barco guardacostas. Pero los delincuentes que ven a un guardacostas saben que están en problemas.

U.S. COAST GUARD

720

When duty calls, cutters answer. Cutter crews do search-and-rescue missions. They also clear icy waterways and stop people who break laws.

Cuando el deber llama, los guardacostas responden. Las tripulaciones de los guardacostas realizan misiones de búsqueda y rescate. También despejan rutas acuáticas congeladas y detienen a las personas que violan las leyes.

DESIGN

Not all Coast Guard boats are cutters. Cutters are at least 65 feet (20 meters) long. They carry supplies so crews can live on the ships.

DISEÑO

No todas las embarcaciones de la Guardia Costera son guardacostas. Los guardacostas miden al menos 65 pies (20 metros) de largo. Llevan provisiones a bordo para que las tripulaciones puedan vivir en las embarcaciones.

HIGH ENDURANCE CUTTER/
GUARDACOSTAS DE ALTA RESISTENCIA

717

COAST GUARD

MEDIUM ENDURANCE CUTTER/
GUARDACOSTAS DE MEDIANA RESISTENCIA

★ ★ ★ ★ ★ ★

High and Medium Endurance cutters patrol in deep ocean areas. Helicopters take off from and land on these huge ships.

Guardacostas de alta y mediana resistencia patrullan las áreas oceánicas de aguas profundas. En estos enormes barcos despegan y aterrizan helicópteros.

BLAZER FACT

When the Coast Guard began in 1790, it had only 10 cutters. Now, the Coast Guard uses more than 200 cutters.

DATO BLAZER

Cuando la Guardia Costera se inició en 1790, sólo tenía 10 guardacostas. Ahora la Guardia Costera usa más de 200 guardacostas.

Icebreakers are the largest cutters.
Some are 420 feet (128 meters) long.
Icebreakers have strong frames that
smash through ice up to 21 feet
(6 meters) thick.

Los rompehielos son los
guardacostas más largos. Algunos
miden 420 pies (128 metros) de largo.
Los rompehielos tienen fuertes corazas
que rompen hielo de hasta 21 pies
(6 metros) de espesor.

BLAZER FACT

The Mackinaw icebreaker works in the Great Lakes. It keeps waterways open during winter.

DATO BLAZER

El rompehielos Mackinaw trabaja en los Grandes Lagos. Mantiene abiertas las rutas acuáticas durante el invierno.

PATROL BOAT/
BARCO PATRULLA

The smallest cutters cruise near coasts and on rivers. These patrol boats are about 100 feet (30 meters) long. Their small size helps them pick up speed quickly.

Los guardacostas más pequeños patrullan las costas y los ríos. Estos barcos patrulla miden aproximadamente 100 pies (30 metros) de largo. Gracias a que son pequeños pueden acelerar rápidamente.

BLAZER FACT

Cutters called buoy tenders help the Coast Guard care for its system of floating markers, or buoys.

DATO BLAZER

Los guardacostas llamados cuidadores de boyas ayudan a la Guardia Costera a cuidar de su sistema de marcadores flotantes, o boyas.

WEAPONS AND EQUIPMENT

Cutters carry a lot of rescue equipment. Crews unload rigid hull inflatable boats to make rescues during storms.

ARMAMENTO Y EQUIPO

Los guardacostas llevan a bordo mucho equipo de rescate. Las tripulaciones descargan lanchas inflables de casco rígido para realizar rescates durante las tormentas.

RIGID HULL INFLATABLE BOAT/
LANCHA INFLABLE DE CASCO RÍGIDO

Cutter crews control the ship from the bridge. Crews watch radar screens to scan the sky and water for other ships and planes. They can communicate with crews on other ships by radio.

Las tripulaciones de los guardacostas controlan la embarcación desde el puente de mando. Las tripulaciones observan pantallas de radar para buscar a otros barcos en el agua y aviones en el aire. Pueden comunicarse con las tripulaciones de otras embarcaciones por radio.

Anyone who dares to fight a cutter is in trouble. Cutters have powerful guns. The mighty Mark 75 machine gun fires bullets into targets at sea or in the air.

Cualquier persona que se atreva a enfrentarse a un guardacostas está en problemas. Los guardacostas tienen poderosas armas. La potente ametralladora Mark 75 dispara balas a objetivos en el mar o en el aire.

BLAZER FACT

The Mark 75 machine gun can fire 80 bullets per minute.

DATO BLAZER

La ametralladora Mark 75 puede disparar 80 balas por minuto.

.25-CALIBER GUN/AMETRALLADORA CALIBRE .25

.50-CALIBER GUN/ AMETRALLADORA CALIBRE .50

CUTTER DIAGRAM/DIAGRAMA DE UN GUARDACOSTAS

BRIDGE/PUENTE DE MANDO

MARK 75 GUN/ AMETRALLADORA MARK 75

HULL/CASCO

U. S.

904

RADAR ANTENNA/
ANTENA DE RADAR

LANDING PAD/
HELIPUERTO

OAST GUARD

904

ABOARD CUTTERS

About 100 people live and work on the largest cutters. In addition to rescues and patrols, their jobs include fixing the ship, running the ship's computers, and making meals.

A BORDO DE LOS GUARDACOSTAS

Aproximadamente 100 personas viven y trabajan en los guardacostas más grandes. Además de misiones de rescate y patrullaje, su trabajo incluye arreglar el barco, operar las computadoras del barco y cocinar.

Crews may spend months at a time on a cutter. They eat in mess decks and sleep in small bunks. Day after day, cutter crews patrol the seas to keep the United States and the oceans around it safe.

Las tripulaciones pueden pasar meses a bordo de un guardacostas. Comen en comedores y duermen en pequeñas literas. Día tras día, las tripulaciones de los guardacostas patrullan el mar para mantener la seguridad de Estados Unidos y de los océanos que lo rodean.

MESS DECK / COMEDOR

BUNK/LITERA

HEADING OUT TO SEA!/
¡DE CAMINO A ALTA MAR!

87347

U. S. COAST GUARD

HADDOCK

29

GLOSSARY

bridge—the control center of a ship

bullet—a small, pointed metal object fired from a gun

buoy—a floating marker in the ocean

criminal—someone who commits a crime

mission—a military task

patrol—protecting or keeping watch over something

target—an object that is aimed at or shot at

INTERNET SITES

FactHound offers a safe, fun way to find Internet sites related to this book. All of the sites on FactHound have been researched by our staff.

Here's how:

1. Visit *www.facthound.com*
2. Choose your grade level.
3. Type in this book ID **0736877436** for age-appropriate sites. You may also browse subjects by clicking on letters, or by clicking on pictures and words.
4. Click on the **Fetch It** button.

FactHound will fetch the best sites for you!

GLOSARIO

la bala—un pequeño objeto metálico y puntiagudo que se dispara desde un arma de fuego

la boya—un marcador flotante que se deja en el océano

el delincuente—una persona que comete un delito

la misión—una tarea militar

el objetivo— un objeto al que se le apunta o se le dispara

patrullar—proteger o vigilar algo

el puente—el centro de control de una embarcación

SITIOS DE INTERNET

FactHound proporciona una manera divertida y segura de encontrar sitios de Internet relacionados con este libro. Nuestro personal ha investigado todos los sitios de FactHound. Es posible que los sitios no estén en español.

Se hace así:

1. Visita *www.facthound.com*
2. Elige tu grado escolar.
3. Introduce este código especial **0736877436** para ver sitios apropiados según tu edad, o usa una palabra relacionada con este libro para hacer una búsqueda general.
4. Haz clic en el botón **Fetch It.**

¡FactHound buscará los mejores sitios para ti!

INDEX

ÍNDICE